뜨거운
성수동에는
쓴다

김형규

02

**나는
구두 디자이너다**

01

**뜨거운 성수동,
차가운 수제화**

CONTENTS

03

**가죽은 어디에나 있고,
보석은 어디서든
반짝인다**

04

**구두는
이렇다**

05

**시크한 블랙,
아찔한 레드**

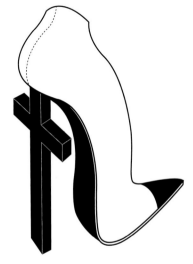

뜨거운 성수동,
차가운 수제화

1

죽음 END OF SHOES

수제화 산업은 죽었다.
나락으로 떨어지는
소비 심리 때문에 죽었고
기계로 뽑아내는 수입 신발과의
경쟁에 져서 죽었고
기술자 수는 점점 줄어드는데
배우려는 사람이 없으니 죽었다.

PRIME COST

원가 MEAT

칼춤을 춘다.
버티고 사정해 봐도
'오더'의 힘을
이겨 내기 힘들다.
고기를 자르듯
원가를 잘라 낸다.
내 살이 잘려 나가는 듯한
고통이 따른다.
칼질은 고기의 양과 퀄리티를
떨어뜨린다는 걸 알아야 한다.

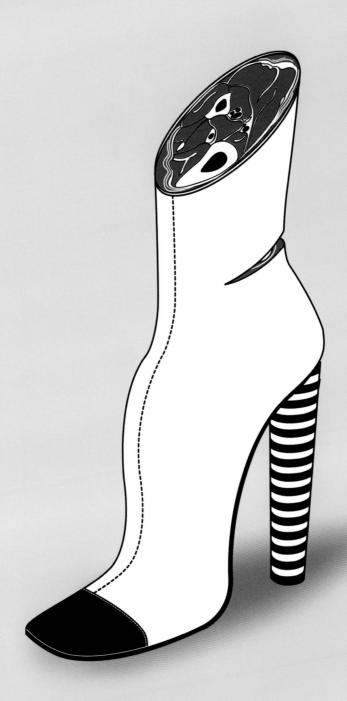

PAST

과거 SUNGSUDONG

옛날이야기는 찌질해 보여서
하고 싶지 않았다.
사람들이 지갑에
구두 상품권 한두 장은 넣고 다닐 만큼
성수동 수제화가 인기였을 때는
수제화 산업에 돈이 흘러넘쳤다고 한다.
그런 날이 다시 올지는 모르겠지만
나도 그 기회를 잡아 보고 싶다.
아, 역시 찌질해 보인다.

NOW1

현재1
SUNGSUDONG

'수제화 거리, 성수동'
하지만 이제는
카페 거리이고
전시 거리이며
편집숍 거리이다.
자본주의 사회에 살면서
이런 변화에 징징거리기나 하려는 건 아니다.
어차피 성수동은
수제화 '판매' 거리는 아니었다.
수제화 공장과
원부자재가 특화된 곳이었다.
다만 공장과 장인이 사라지고
수제화를 지켜 오던 흔적이 사라지는 게
안타까울 뿐이다.
이제 성수동에 수제화 거리는 없다.
오늘도 향긋한 커피 향이 성수동에 퍼진다.
평소 잘 안 마시는 커피 한 잔이 생각난다.

NOW2

현재2 SUNGSUDONG

수제화 거리가 참 많이 변했다.
분위기는 밝아지고
거리마다 젊은 사람들로 가득하다.
스산한 공단이 핫플레이스로 바뀌는 데
그리 오랜 시간이 걸리지 않았다.
구두 원부자재를 팔던 매장이
다른 매장으로 헐레벌떡 바뀌어 가면서
수제화 거리는 빛이 바랬다.
수제화 거리에 스티커 사진 매장만 10개쯤 된다.
오늘 나도 인생 사진 한 컷, 아니 네 컷 찍어야겠다.

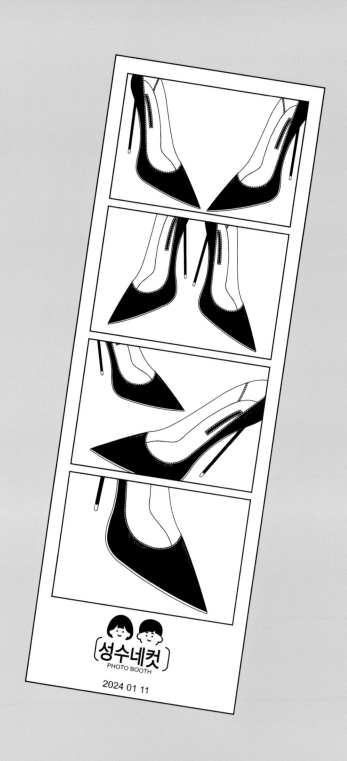

PIERROT

피에로 TEARS

피에로는 살인마 같은
공포 캐릭터로 자주 등장한다.
웃고 있는 피에로의 얼굴 뒤에는
눈물이 있다고 한다.
화려하게 빛나는 구두 뒤에도
대나무 마디처럼 투박한 손을 지닌
기술자들이 있다.
웅크리고 앉아서 열두 시간 이상
망치질을 하고 미싱을 탄다.
동정 따위를 바라는 건 아니다.
화려한 구두 뒤에서
묵묵히 자리를 지키던 구두 기술자들이
점점 사라지고 있는 현실에
또 다른 공포를 느낄 뿐이다.

CUSTOMER

고객 SERVICE

발 모양은 다채롭다.

발볼이 넓기도, 발등이 높기도 하다.

오랫동안 제 몸무게를 이겨 내느라

휘고, 굽고, 튀어나왔다.

그래서 이상적인 평균값을 찾는 게 쉽지 않다.

발볼을 넓혀 주고, 발등을 올려 줘도

체중을 견뎌야 하기 때문에

신발이 조금이라도 작거나 크면 엄청 불편하다.

그래서 반품이 많고

반품은 고스란히 재고로 쌓인다.

고객님을 위한 서비스 정신으로

신발 때문에 하루를 망치지 않도록

열심히 만든다, 라고 말하고 싶지만

사실은 반품되어 돌아오지 않기를

바라는 마음이 더 크다.

몬스터 DREAM

이 일을 너무 오래 했다.
나보다 더 오래 일한 구두 장인들도 있지만
그래도 짧지 않은 시간이었다.
어떨 땐 꿈에서도 구두를 본다.
하지만 꿈에서 보는 구두는
그리 아름답지 않다.
엄청나게 많은 구두가
괴물같이 달려들고, 달려든다.
마음 한쪽에 지겨움이
덕지덕지 붙어 있나 보다.
앞으로 10년은 더
이 일을 해야 할 텐데….
지겨움이 마음에 본드처럼 딱 붙어서
휘발유로도 지워지지 않을까 봐
가끔 걱정이 앞선다.

맥시멈
HARD WARK

숙련된 구두 장인이
오랜 시간 공들여
한 땀 한 땀 수를 놓듯
디테일이 가득하고
공정이 복잡하고
완성도가 최고점인
구두를 만든다면?
공장은 망한다.
이게 현실이다.

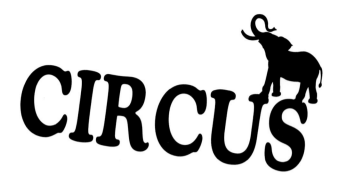

서커스 FANTASTIC

서커스가 좋다.
부자연스럽게 어우러진 알록달록한 색감과
환상 세계로 들어가는 듯한 설렘이 좋다.
구두를 처음 시작했을 때도 설렘이 있었다.
그러나 이제 설렘은 사라지고
기계처럼 팔리는 구두만 바라보고 있다는 게
그저 안타까울 뿐이다.
다시 구두의 환상 세계로 들어가고 싶다.

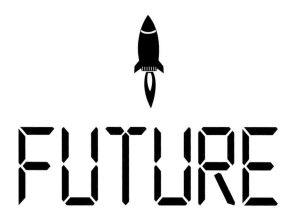

미래

HIGH HEEL

"2122년 신제품이 출시되었습니다.
넓히고 좁히고 꺾이고 펼치고 조이고 푸는
신발 메커니즘이 모두 적용된 구두입니다.
그중 최고는 굽 높이를
마음대로 조절하는 기능입니다."

미래에도 하이힐의 유혹을 저버리지 못할 것이다.
평균 키가 20센티미터 이상 커진다 해도 말이다.

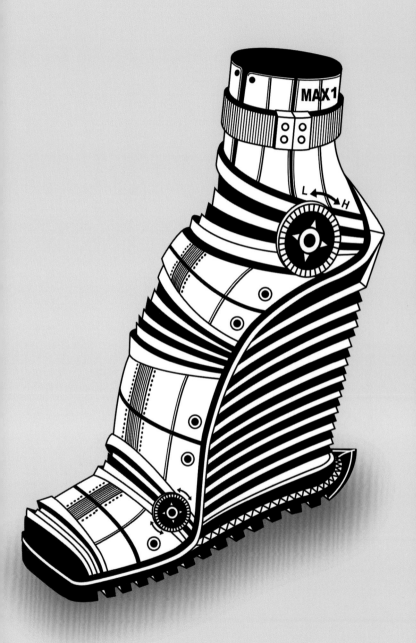

겨울
LONG BOOTS

높은 굴뚝처럼 쭉쭉 뻗은 부츠는
겨울 필수 아이템 중 하나다.
가격도 비싸서 공장 마진도 좋다.
그래서 성수동은 추울 때 성수기를 맞는다.
요즘은 겨울이 점점 짧아지고 있다.
지구 온난화가 이렇게 가까이 있는지 몰랐다.
쓰레기 분리배출이라도 열심히 해야겠다.

DEVIL

악마 PRADA

악마가 프라다를 신는 건지
프라다를 신으면 악마가 되는 건지
알 수 없지만
명품 구두를 만들고 싶다.
아니, 그 가격을 받고 싶은 게
솔직한 심정이다.

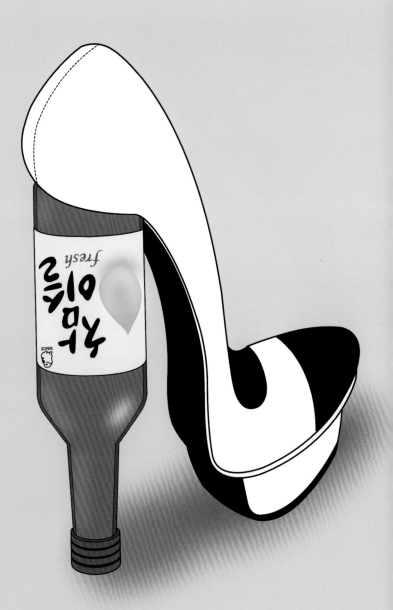

ALCOHOL

알코올 SOJU

한국인이 가장 좋아하는 술, 소주.
수제화도 한국인에게 가장 사랑받는 날이 오길 바란다.
그런 날이 정말 올까 하는 생각에
소주 한 잔이 당기는 날이다.

TEMPTATION

유혹 ANT

매력적인 사람에게 모두가 모여든다.
유혹하지 않아도 그냥 모여든다.
잘 만든 구두에 소비자가 모여든다.
유혹하지 않아도 돈을 지불한다.
요즘은 아무리 유혹해도
소비자가 모여들지 않는다.
총체적 난관이다.

MASTERPIECE

명품 COPY

명품의
장식을 카피하고
패턴을 카피하고
원단을 카피하고
가죽을 카피하고
라스트*를 카피하고
전체를 카피한다.
복사기가 따로 없다.
너무 비싸서 접근조차 힘든
소비자들에게 좋은 먹잇감이다.
그냥 늘 안타깝다.

*라스트 : 구두 형태를 만드는 기본 틀

DESIGNER

디자이너 SUNGSUDONG

화려하고 예쁜 구두를 개발하는
성수동 구두 디자이너들은
구두를 잘 신지 않는다.
높은 굽은 엄두도 못 내고
굽 낮은 단화나 운동화를 주로 신는다.
이유는 간단하다.
원부자재나 샘플을 찾아
성수동 골목을 헤집고 다녀야 하기 때문이다.
고상하게 앉아서 그림이나 그릴 생각이라면
구두 디자이너를 포기하자.
오늘도 굽 낮은 신발을 신고 발로 뛰는
구두 디자이너들에게 박수를 보낸다.

나는
구두 디자이너다

2

LAST

목형 PATTERN

같은 디자인이더라도
라스트의 코 모양이나 굽 높이에 따라
패턴 작업을 다시 해야 한다.
엄청난 양의 패턴이 필요한 이유며
패턴사의 역량이 대단히 중요한 이유다.
공장에 수백 가지 라스트와
수천 개의 패턴이 쌓여 있다.
공장이 터질 것만 같다.

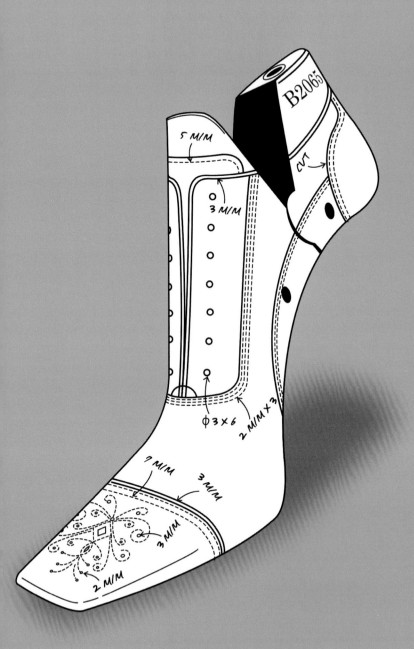

STRUCTURE

건축 BUILDING

단단한 허리쇠로 무게를 받쳐 주는 중창과
탄력 있게 잘 가공한 고무창으로
안정감 있는 바닥을 만든다.
흔들림 없이 단단하게 자리 잡은 굽으로
튼튼한 기둥을 세우고
중심이 잘 맞는 플랫폼으로
균형 잡힌 형태를 갖춘다.
그 위로 정성 들여 갑피를 쌓아 올린다.
그렇게 자그마한 건축물이 만들어진다.

SICK

고통
WINNER

구두는 태생적으로 발에 딱 맞아떨어지기 어렵다.
평균 사이즈로 제작되기 때문에
평균에서 벗어나면 발이 불편할 확률이 그만큼 높다.
여기에 체중까지 얹으면 고통은 이루 말할 수 없다.
반창고를 몇 개씩 붙인 발을 볼 때가 있다.
구두 만드는 사람으로서
'멋을 위해서라면 이깟 고통쯤이야'라고 말하는 듯한
발 주인에게 찬사를 보낸다.
상처에 생긴 딱지가 떨어졌다면
이젠 구두가 편해질 차례다.

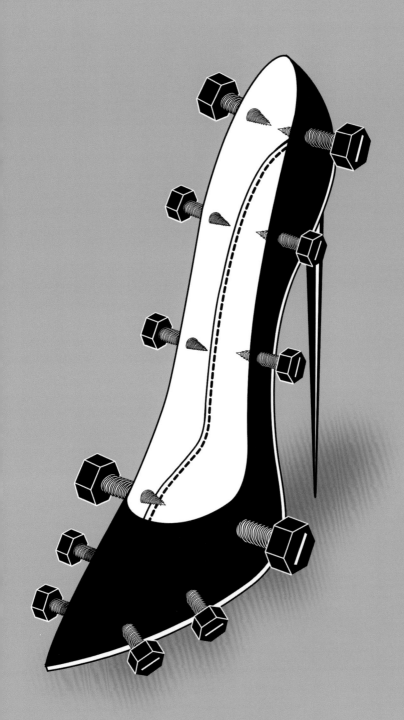

TRAP

함정 INSECT EATING

정성스럽게 디자인한
아름다운 구두를
소비자들이 잘 지나다니는 곳에 놓고
조용히 기다린다.

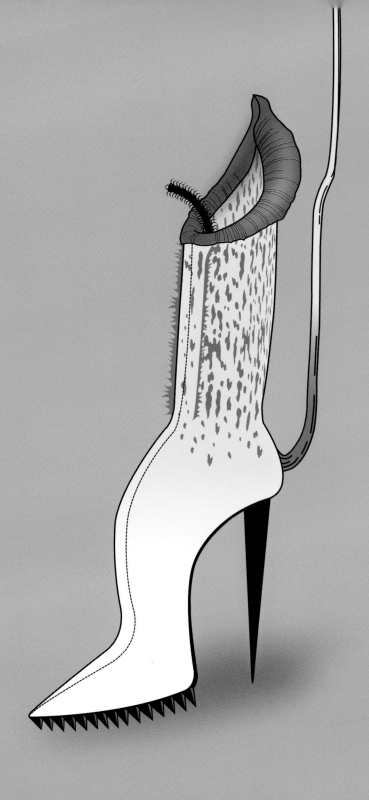

80's

80년대 RETRO

한 성수동 구두 공장에서 롤러스케이트를 발견했다.
반가움과 아련함이 뒤엉켰다.
롤러스케이트를 본 지 30년은 된 것 같다.
그동안 신발은 디자인, 형태, 기능이 수없이 변했지만
롤러스케이트는 30년 전과 크게 바뀌지 않았다.
나도 그때와 크게 다르지 않다.
구두를 대하는 마음은 여전하지만
성수동은 예전 같지 않아 더욱 쓸쓸하다.

OREO

오레오 OREO

한동안 길쭉한 것만 보면
발이 들어갈 듯한 물건만 보면
신발로 만들면 재미있겠다고 생각했다.
구두 디자인이 너무나도 좋았을 때 일이다.
그게 언제였는지 이제는 기억도 가물가물하다.

HERO

영웅 BOOTS

슈퍼히어로는 부츠를 신는다.

아니면 적어도 컬러나 패턴으로

부츠 위치까지 구분을 해 놓는다.

캐릭터 디자이너들에게 강박이 있는 걸까.

복장의 완성은 구두다.

확실하다.

GOTHIC

고딕
HELL
RAISER

스산한 분위기의
고딕 양식이 좋다.
고딕 영화도 좋다.
뾰족해서 좋다.

CLONING

쌍둥이
HELLRAISER

신발은 좌우를 쌍둥이처럼 똑같이 만들어야 한다.
수제화는 기계로 찍어 내는 게 아니라서
같은 일을 두 번 해야 한다.
좌우 똑같은 수량의 원부자재를 주문해도
이상하게 꼭 한쪽 자재만 남는다.
참 희한하다.
한 짝만 만들어 던져 놓으면
스스로 분화해서 두 짝이 되면 좋겠다.
한 짝씩 남는 구두 때문에
어지간히도 스트레스가 쌓였나 보다.

TOOTH

이빨 WARNING

야수는 본능적으로 한번 물면 절대 놓지 않는다.
아름다운 구두도 물면 놓지 않는다.
다른 게 있다면
구두의 무서운 입속에 인간이 자발적으로
발을 넣는다는 것이다.
벗고 싶지 않은 구두를 만드는 일에
희열을 느낀다.

SEXYBACK

섹시백 HIP

수제화를 만드는 과정에서
망치의 두드림은 무엇보다 중요하다.
많이 두드릴수록 구두의 형태가
단단하게 유지되고 변형도 적다.
무수한 망치질로 매끈하게 다듬어진
구두의 뒷모습은
탄력 있는 엉덩이를 닮았다.
단단한 하체를 위해 스콧 수를 늘리듯
망치질도 한없이 늘어난다.
구두 공장의 망치질 소리는 멈추지 않는다.
단단한 엉덩이를 위하여.

CHAIR

의자 PAIN

구두 라인은 인체 공학적이다.
몸무게를 지탱하는 발 라인과 잘 맞아야만
편하게 신을 수 있다.
라인이 잘 맞지 않는 불편한 디자인은
날카로운 송곳이 달린 의자에 앉는 것만큼 고통스럽다.
몸에 밀착되는 모든 물건은 유려한 라인으로 처리된다.
의자 라인에서 구두 라인을 찾는 게 과한 생각일까.

HUMAN

인간 BODY

우리 몸에는 직선이 없다.
부드러운 곡선의 아름다움은
차가운 모서리에서 느낄 수 없는
편안한 안정감을 준다.
우리 몸을 닮은 구두 라인에서
구두를 사랑할 수밖에 없는
작은 이유를 찾아본다.

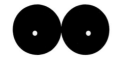

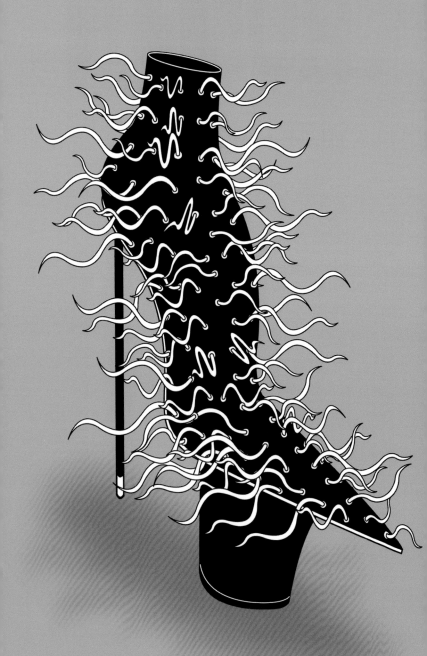

촉수 SENSE

촉수 끝은 민감하다.
발도 아주 민감하다.
아주 작은 불순물도 크게 느껴질 만큼
예민한 게 발이다.
그래서 구두도 민감하게 만들어진다.
그냥, 알려 주고 싶었다.

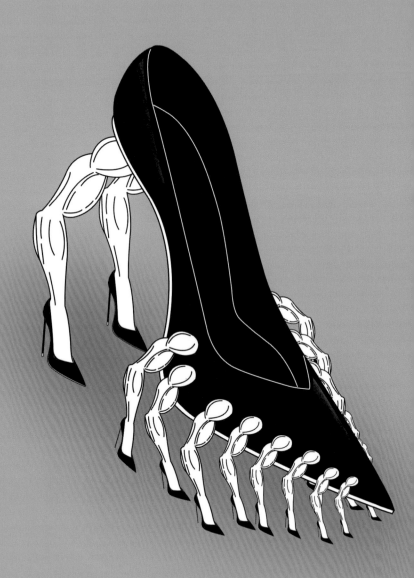

SLAVE

노예 RENOUNCE

무거운 몸을 작은 발이 떠받친다.
노예같이 쉬지 않고 몸을 이동시킨다.
발의 위상을 높여야 한다.
고생이 많다.

BODY

몸 BEAUTIFUL

날씬하거나 뚱뚱하거나
예쁘거나 덜 예쁘거나
근육질이거나 홀쭉하거나 상관없이
사람이 꽃보다 아름답다는 말에
공감하지 않을 수 없다.
시대를 관통하는 긴 세월 동안
사람 몸을 열심히 그리고, 조각하는 것도
아름다움에 대한 추앙이 아닌가 싶다.

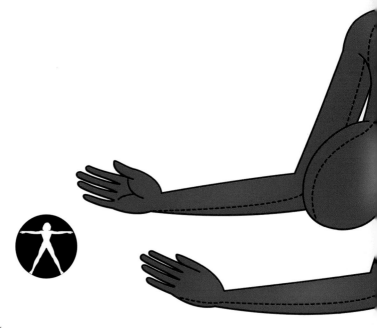

LINE

라인
LONG BOOTS

부츠의 생명은 라인이다.

늘씬하고 예쁘게 흐르는

부츠의 라인은 아름답다.

그런데 이게 문제를 만든다.

실제 종아리하고는

잘 맞지 않기 때문이다.

보기에 예쁜 라인을 만들어야 할지

신을 수 있는 라인을 만들어야 할지

딜레마에 빠질 수밖에 없다.

보기에 예쁘지 않으면

선택을 못 받기 때문에

항상 고민을 한다.

구두는 참 어렵다.

DIET

다이어트 FAT

날렵하고 예쁜 구두를 만들기 위해
라스트를 이리저리 깎아 낸다.
구두 모양은 보기 좋아지지만
발은 아프고 불편해진다.
둥글둥글해도 좋다.
넓적하고 편안한 사람으로
살고 싶다.

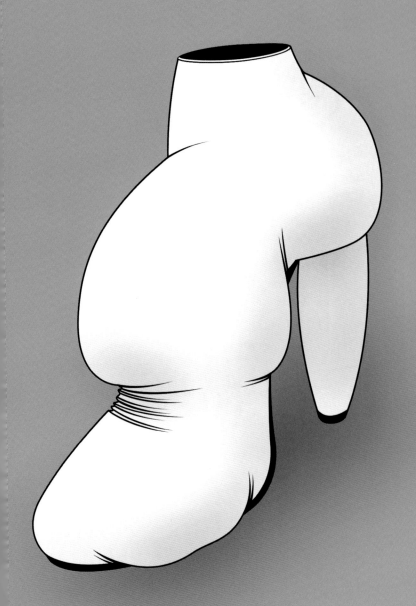

LEG

다리 BEAUTIFUL

다리가 가장 예뻐 보이는 굽 높이는
7센티미터라고들 한다.
종아리에 적당한 긴장감을 주어서
탄력 있어 보이고 자세도 좋아 보인다는 거다.
속설인지 누군가의 연구 결과인지는 모르지만
편한 발을 선택할지 예쁜 다리를 선택할지는
각자의 선택인 것만은 분명하다.

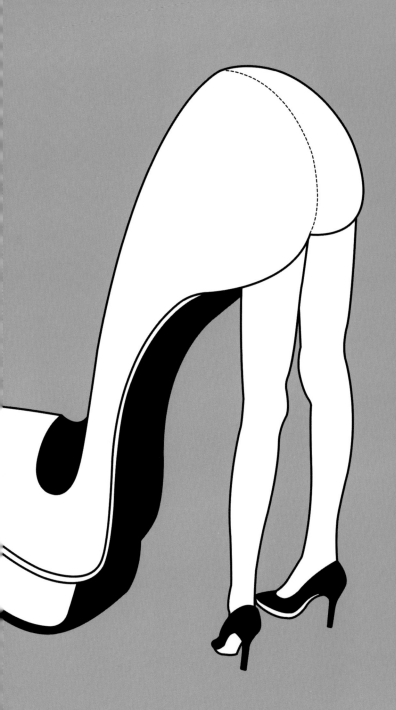

DANGER

위험 NAIL

구두를 만들면서 가장 두려운 건
깨끗하게 처리되지 않은 못이다.
못에 살짝만 찔려도 아픈데
체중을 실어 못을 밟다니
상상만으로도 끔찍하다.
금속 탐지기까지 사용하지만
아주 간혹 사달이 난다.
오늘도 구두 안에 손을 넣어
못을 찾는다.

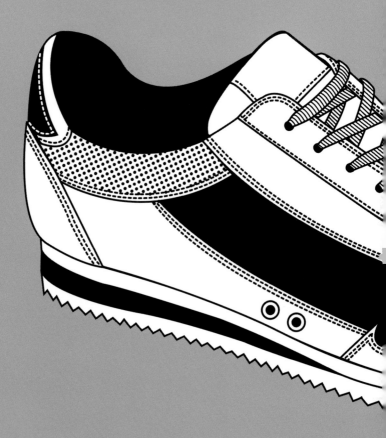

COINCIDENCE

우연 PATTERN

디자이너의 디자인이 잘못 전달되어
의도치 않은 패턴이 나올 때가 있다.
봉제선이 잘못되기도 하고
라인의 상하가 뒤집히기도 한다.
그런데 이런 디자인이 대박 날 때가 있다.
아주 긍정적인 우연이다.

MINIMAL

미니멀 SIMPLE

디자인하지 않은 게 아니라
하지 않은 게 디자인이다.

가죽은 어디에나 있고, 보석은 어디서든 반짝인다

3

가죽은 동물의 몸을 감싸고 있는 껍질이다.
소 한 마리 가죽으로 펌프스
열세 족을 만들 수 있다.
구두에 사용하는 가죽만 해도 엄청난데
옷, 소파, 자동차 시트까지 합하면
상상을 초월하는 양일 거다.
재단실에 가득 들어차 있는 가죽을 보면
이 가죽을 만들기 위해 얼마나 많은
동물이 죽었을까 싶다.
가죽 구두 만드는 사람의 비양심적인 생각이다.

ANIMAL

동물

LEATHER
LEATHER
LEATHER
LEATHER
LEATHER
LEATHER
LEATHER

CACTUS

선인장 VEGETABLE

동물 가죽을 대체할 수 있는
여러 가지 대안이 모색되고 있다.
그중 하나가 바로 선인장이다.
선인장으로 가죽을 만들면
지구상에 선인장이 모두 사라지는 건 아닐까.
동물이든 식물이든 지켜 내는 건 참 어렵다.

GIRAFFE

기린 LONG BOOTS

길쭉하고 잘록한
기린의 목을 보면
롱부츠가 떠오른다.
잔인한 생각이다.

FISH

물고기 | SMELL

인간은 얇고 반짝이는
물고기 비늘로도 가죽을 만든다.
대단한 재주다.
벗길 수 있는 모든 표피는 가죽이 된다.
물고기 가죽을 보며
물속을 유유히 헤엄쳤을
과거의 모습을 떠올린다.
물고기 가죽으로 만든 신발을 신으면
비릿한 냄새가 날 것만 같다.
피비릿내는 아니길….

SKIN

피부 LOST

피부를 잃어버렸다.
튼튼한 근육만이
그게 무엇이었는지 알려 준다.
곧 근육마저 분해되고
고깃덩어리가 될 테지….
가죽 구두를 만들고 있고
채식주의자는 더더욱 아니지만
생명의 소중함은
잊지 말아야겠다고 다짐한다.

SNAKE

스네이크 LOVE

징그러운 동물 순위를 꼽으면
파충류가 항상 높은 자리를 차지한다.
갈라진 혀를 날름거리고
지독한 독까지 장착한 뱀은
그중 최고일 것이다.
꿈틀대고 물컹하기까지 하니
그리 긍정적이지 못한 게 사실이다.
그러나 뱀을 벗겨서 가죽으로 만들면
고급스러운 질감과 무늬 덕분에
선호도는 급상승한다.
죽어야만 사랑받는
파충류의 모습이 아이러니하다.

TIGER

타이거 PATTERN

현대 사회에서 호랑이 가죽을 본다는 건
생각조차 할 수 없는 일이다.
다양한 동물 무늬가 있지만
호피 무늬가 가장 매력적이다.
불타오르는 듯한 호피 무늬를 보면
동물의 왕으로서의 위엄과
아름다운 힘이 느껴진다.

ANIMAL PRINT

동물 무늬 AFRICA

아프리카는 야생 동물의 대륙이다.

그만큼 다양한 동물 가죽을 얻을 수 있다.

하지만 요즘은 진짜 가죽보다는

야생 동물의 화려한 무늬를 주로 사용한다.

야생 동물의 아름다운 무늬를 갖고 싶어 하는

인간의 집착이 소가죽이나 양가죽에

야생 동물 무늬를 찍는 기술로 발전했다.

지켜 내야 할 동물이 따로 있는 것은 아니지만

멸종을 막을 수 있는 긍정적인 기술 발전 아닐까.

COW

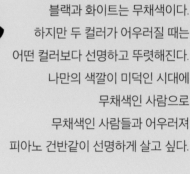

젖소
BLACK & WHITE

블랙과 화이트는 무채색이다.
하지만 두 컬러가 어우러질 때는
어떤 컬러보다 선명하고 뚜렷해진다.
나만의 색깔이 미덕인 시대에
무채색인 사람으로
무채색인 사람들과 어우러져
피아노 건반같이 선명하게 살고 싶다.

MURDER

살인자 LEATHER

인간은 가죽을 탐해 왔다.
추위를 이겨 내기 위한
원초적 욕망이 그 시작이었고,
지금은 우월한 패션 소재로 가죽을 탐한다.
삼십 년 가깝게 가죽과 함께했지만
인간들이 다른 생명의 껍질을 사용하기 위해
무수한 동물을 살생했다는 죄책감은
한쪽 가슴에 늘 남아 있다.

COLOR

컬러 PAPER

가죽 색은 종이만큼 다양하다.
스와치북을 보면 눈이 어지럽다.
식당에 메뉴가 많으면 오히려 선택이 어려운 것처럼
구두에 사용할 가죽 색을 고르는 것도 쉽지 않다.
어렵게 골랐는데 다른 색이 들어오는 경우도 제법 많다.
염료를 받아들이는 정도가 가죽마다 다르기 때문이다.
이래저래 고민이 많아진다.
한편으로는 검정 구두가 80~90퍼센트인데
왜 고민하고 있는지 모르겠다.

PANTONE
BLACK

INNERSKIN

내피 UNDER WEAR

명품 속옷은 입어도 티가 나지 않는다.
속옷은 겉옷에 가려 안 보이기 때문이다.
구두는 겉과 속이 동시에 보인다.
속옷 역할을 하는 내피가
어떤 무늬, 어떤 칼라인지에 따라
구두의 완성도가 정해진다.
외피와 내피가 전혀 어울리지 않으면
가치가 떨어져 버린다.
사람도 겉과 속이 모두 보이면 좋겠다.

CROW

까마귀 BLACK

어느 날 새까만 까마귀가
내 눈에 들어왔다.
윤기가 좔좔 흐르는 몸통에서
섹시함과 도도함이 느껴진다.
색감이 깊은 검정 가죽 구두는
어떤 색보다 아름답다.

RELIGION

종교 CROSS

땅에 붙어 있어서 더럽다고 생각하는 건지
뇌에서 가장 멀기 때문에 무시당하는 건지
발은 하는 일에 비해 터부시되는 것 같다.
그래서일까.
신발에는 종교적인 의미의
장식이나 무늬를 잘 사용하지 않는다.
나는 구두 굽에 십자가를 달고 싶다.
고귀한 발은 존중받아야 마땅하다.
이제는 발에도 긍정의 힘을 실어 보자.

VAIL₁

베일1 STOCKING

대놓고 보이는 것보다
슬쩍 비치는 게 더 요염하다.
상상력이 자극되기 때문일까.
베일에 싸인 구두는
은근한 매력이 슬금슬금 올라온다.
베일 속 꿈틀거리는 발은
맨발보다 자극적이다.

SHARP

스터트 징 METAL

뾰족하고 날카로운 물건에는
묘한 긴장과 공포가 스며 있다.
그것이 금속이라면 공포는 더욱 선명해지고
어깨는 쪼그라들어 목덜미에 가까워진다.
푸른빛이 도는 투명한 다리 끝에
터질 듯 꽂혀 있는 금속성 원뿔 장식 앵클부츠의 마력은
아찔함을 넘어 그로테스크한 느낌마저 든다.
구두는 많은 상징을 갖고 있다.
긍정적이거나 부정적이거나
순결하거나 퇴폐적이거나.
이 모든 걸 품고 있기에
이 작은 물건에 열광하는 게 아닐까.

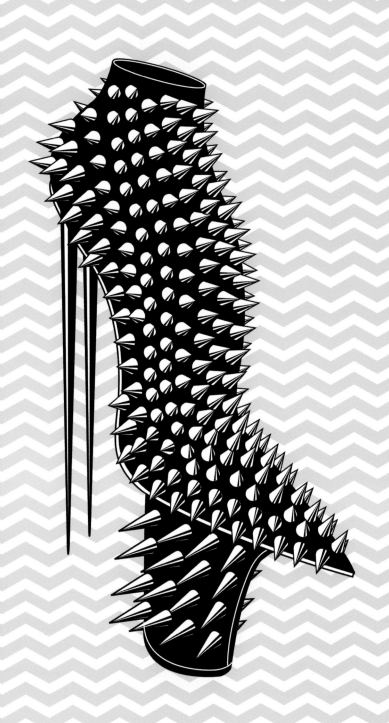

VAIL₂

베일2 NET

그물에 걸린 발이 펄떡거린다.
그물에 걸린 물고기의 모습에서 느껴지는
애잔함이나 안타까움은 찾아볼 수 없다.
은은하게 비치는 하얀 발과 푸른 핏줄이
도리어 생기를 더한다.
스물여섯 개나 되는 발뼈가
마디마디, 하나하나 꿈틀거린다.
감추어서 더욱 아름답다는 말이 척 달라붙는다.
망사 부티의 매력은 끝이 없다.

BONDAGE

밴디지 ROPE

단단히 묶어
마음대로 지배할 수 있는 것에
희열을 느낀다면
심리 검사를 권하고 싶다.

STRAP1

스트랩1 SUMMER

가느다란 스트랩은
구두의 답답함을 해소해 준다.
선이 서로 꼬여 있지만
형태가 만들어지면서 규칙이 생긴다.
얇은 가닥이 모여 발을 감싸며
체중을 지탱하는 힘이 생긴다.
가닥가닥 사이로 바람이 흘러가고
여름의 뜨거운 햇살 아래에서
청량감을 준다.

STRAP²

스트랩2 LINE

반복되는 라인에서
율동감이 생겨나고
눈을 어지럽힌다.
선이 모여 공간을 만들고
공간 속에서 형태를 이룬다.
구두는 라인이다.

JEWEL

보석 DESIGN

사방으로 빛을 반짝이는 화려한 보석은
구두를 더욱 아름답게 만든다.
보석 장식은 구두의 가치를 올려 주는
최고의 아이템이다.
달아만 놓아도 기본은 한다.
구두 디자인 참 쉽다.

구두는 이렇다

4

SWEAT

땀 CAVE

롱부츠는 따뜻하다.
때론 덥다.
땀이 난다.
냄새가 난다.
세상사가 그렇듯이
하나는 얻고
하나는 포기하자.

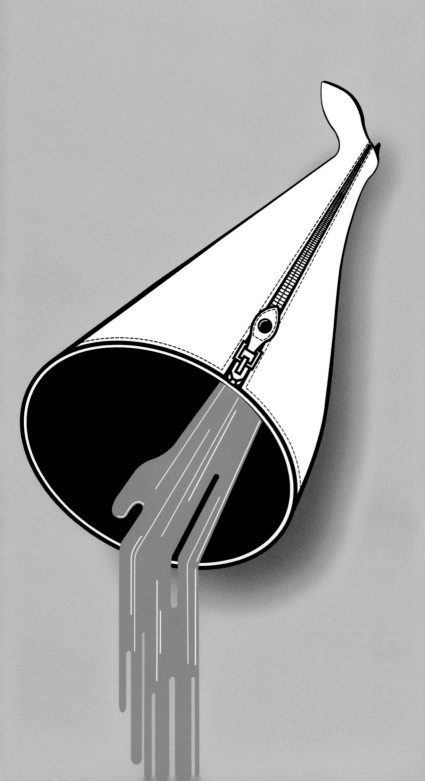

천사 WHITE

웨딩 슈즈는 주로 하얀색이다.
하얀색은 때가 쉽게 타서 만들 때 애를 먹는다.
구두에 묻은 작은 티끌을 잘못 건드리기라도 하면
점점 번져서 결국 구두를 망치게 된다.
결혼해서 살다 보면 천사처럼 하얗던 마음에
티끌이 묻기 시작한다.
잘 털어 내지 못하면
검은 악마가 되는 것도 시간문제일 것이다.
반성하는 하루다.

사슴벌레 STRONG

논슬립 고무창과 몰드를
굵은 실로 촘촘하고 단단하게 꿰맨
슬립온 스니커즈는
거꾸로 붙여 놔도 웬만해선 떨어지지 않는
사슴벌레의 강인함이 느껴진다.

락 WALKER

귀가 쩌렁쩌렁 울리는 스피커 소리에
심장이 벌떡이며 반응한다.
꽃무늬 가득한 실크 원피스에
무심한 듯 신은 낡은 워커는
제자리 뛰기를 반복한다.
워커는 락의 외침을 고스란히 담고 있다.
지난 시절 워커와 락은
젊음을 대변했고
저항의 상징이었고
평화를 노래했다.

THIGH
HIGH

싸이하이
REVOLUTION

엉덩이를 찌를 듯한 싸이하이 부츠는
섹시함을 넘어 혁명이다.
가죽점퍼에 싸이하이 부츠를 신고
당당하게 서 있는 모습에서
세상을 바꾸려는 혁명가의 힘이 느껴진다.
섹시함은 두 번째다.

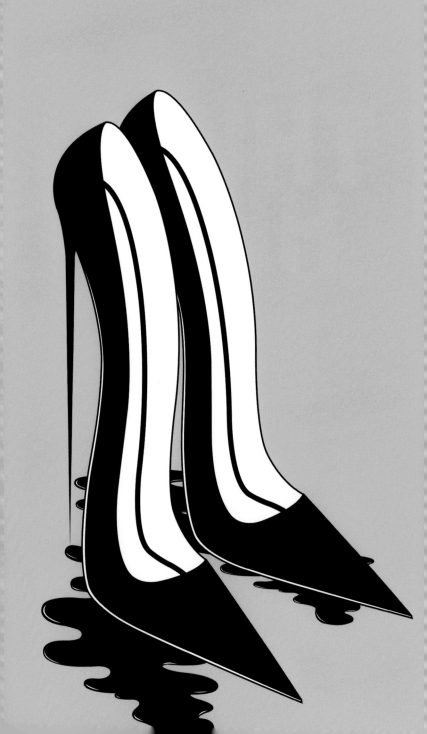

KILL HEEL

킬힐 STILETTOS

킬힐이라니, 이름 한번 대단하다.
죽이는 힐이라는 건지
신으면 죽는다는 건지 모르겠다.
분명한 건
킬힐을 신고 휘청휘청 걷는 모습을 본 사람들은
킬러를 만난 것처럼 불안과 전율을 느낄 것이다.

BRICK

브릭 HIGH & HIGH

벽돌을 쌓아 올린 듯한 통굽 구두는
작은 키의 아쉬움을 날려버리는 최고 아이템이다.
스펀지라서 매우 가볍고
굽 높이에 비해 편안한 안정감이 있다.
그러나 높이의 유혹은
발목이 꺾이는 치명적인 고통을 유발한다.
이 고통을 이겨 내는 자는
하늘에 닿을 듯 자존감이 높아질 것이다.

서부 WILD WILD WEST

와일드한 웨스턴 부츠에

화려한 스티치 장식을 빼놓을 수 없다.

거친 야생마와 벌이는 사투 속에서도

아름다움을 추구하는

패션 정신에 박수를 보낸다.

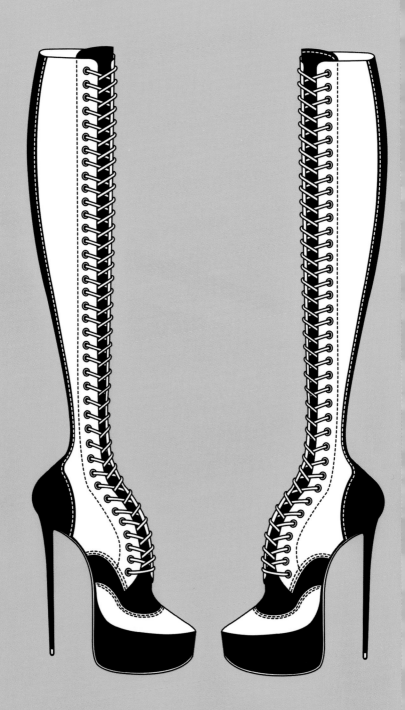

LACE
up
BOOTS

레이스업 부츠
CENTIPEDE

신발 끈을
끼워도 끼워도
끝이 없다.
지네 다리가
생각난다.

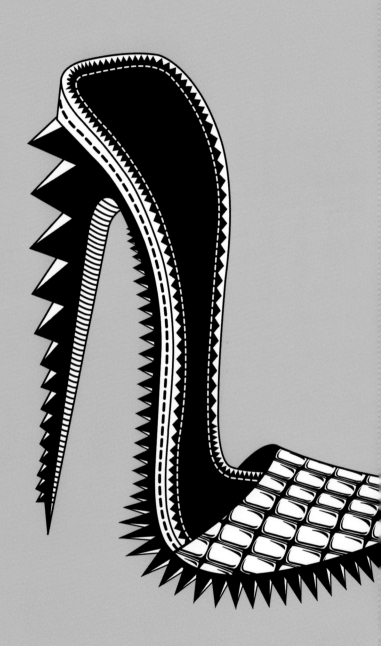

SLIPPER

슬리퍼1 CROCODILE

악어는 배를 질질 끌고 다닌다.
사람도 슬리퍼를 질질 끌고 다닌다.
사람은 악어 가죽 슬리퍼를
질질질질 끌고 다닌다.
악어 가죽 슬리퍼를 신은 악어가
배를 질질질질질질질 끌고 다닌다.

WEDGE

쐐기 SAFETY

웨지는 쐐기를 뜻한다.
아슬아슬한 굽에
쐐기를 박은 듯
흔들림 없이
안정적인 형태를 갖추고 있다.
이름 한번 잘 지었다.

PLATFORM

플랫폼 COMFORT

갓 태어난 초식 동물처럼
술에 취한 것처럼
휘청거리고 비틀거려도
포기할 수 없는 높은 굽.
발의 고통을 현저히 줄여 주는 플랫폼은
긴 다리의 축복을 안겨 주는
작은 키의 구원자이자
거스를 수 없는 매력을 지닌
마법 같은 물건이다.

INSIDE FLATFORM

인사이드 플랫폼
LADDER

높고 높은 플랫폼은
사다리 역할을 한다.
플랫폼을 신은 사람의 마음에는
저 높은 곳에도 손이 닿을 듯한
자신감과 만족감이 넘친다.

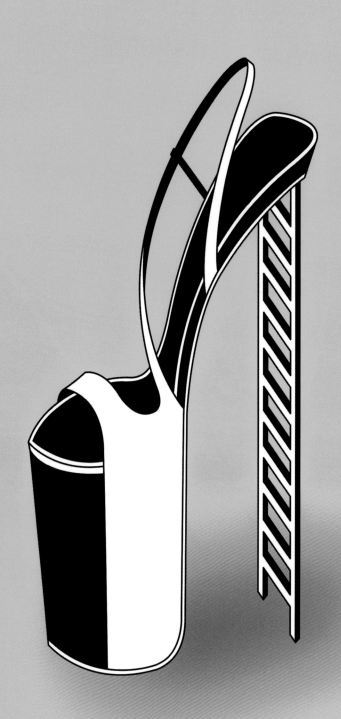

롱부츠 CAVE

습기 가득한 깊은 동굴 속에서
발가락이 갑갑한 듯 꿈틀거린다.
하지만 너무 깊어서
빠져나올 수가 없다.
주인이 꺼내 줘야만
맑은 공기를 마실 수 있다.
하루를 꼬박 갇혀 있는 동안
발은 퉁퉁 붓는다.
부츠 속 발은 늘 고생이다.
어두운 곳에서
고문당하는 발에게
고마움을 전한다.

TROPIC

열대 MULE

열대의 뜨거운 태양이 활기를 더한다.
커다란 천을 허리에 휙 둘러매어 만든 치마와
길쭉한 다리 끝에 편안하게 자리 잡은 뮬은
엄청 사랑스러워 보인다.
열대 식물이 프린트되어 있다면 더욱 좋다.
따뜻한 곳에서 태양을 누리고 싶다.

FLIP ☀ FLOPS

쪼리 SUMMER

발가락 사이 한 줄로
체중을 지탱하고 걸어 다니는 쪼리는
가장 노출이 많은 신발이다.
그만큼 시원해서 여름에 제격이다.
사람의 발가락 힘은 참 대단한 것 같다.

옥스포드
GENTLE

OXFORD

조금은 완고해 보일 정도로
상체를 꽉 채운 슬림 정장을
말끔하게 차려입는다.
무두질*이 잘된 고급 송아지 가죽으로
만든 옥스퍼드 구두를 신는다.
은은한 광이 흐르는 구두의
꽉 조인 끈에서
빈틈없는 치밀함과 의지가 느껴진다.
구두가 사람을 만든다.

*무두질 : 생가죽, 실을 매만져서 부드럽게 만드는 일

WALKER

워커
MILITARY BOOTS

워커는 한국에서만 쓰는 콩글리시다.

밀리터리 부츠, 군화가 맞는 말이다.

요즘 군화가 소비자들의 선택을 많이 받고 있다.

그런데 전통적인 검정이 아닌

아이보리 계열의 밝은색이 유행이다.

워커든 군화든

소비자 트렌드를 따라가는 게

보통 어려운 일이 아니다.

DRIVING
SHOES

드라이빙슈즈
SOFT

구불구불
덜컹덜컹한 길을
운전할 때는
부들부들
말랑말랑한
드라이빙슈즈를 신자.

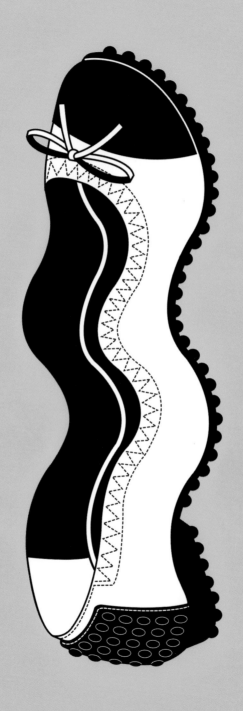

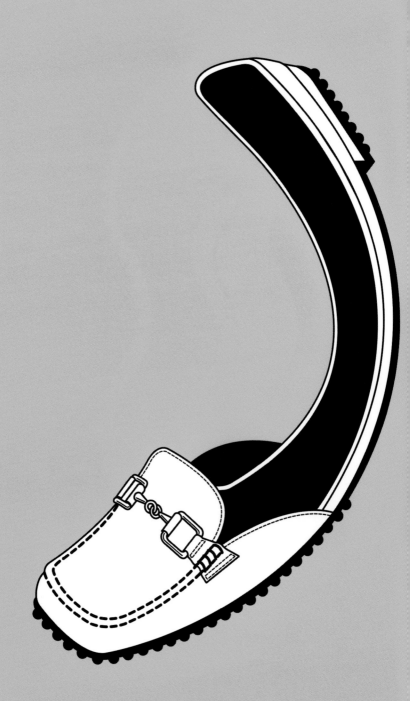

BLOAFER

블로퍼 SLIPPER

미끄러지듯 신을 수 있는 블로퍼는
로퍼의 격식과 슬리퍼의 편리성을
다 갖춘 구두다.
걸을 때 나는 '딱딱' 소리를
경쾌한 리듬과 박자로 즐길 여유만 있다면
최고의 아이템이 아닐까 한다.

SNEAKERS

스니커즈 BAD BOY

편안하다.

부드럽다.

가볍다.

실용적이다.

풍부한 컬러가 트렌디하다.

브랜드 마크가 완성도를 더한다.

가성비가 훌륭하다.

활동성이 좋다.

착화감이 좋다.

정장 바지에도 잘 어울린다.

체육복에는 더 잘 어울린다.

운동화는 장점이 많은

참 좋은 놈이다.

그렇지만 구두 입장에서는

참 나쁜 놈이다.

SLIPPER2

슬리퍼2

PRICE

대표적인 여름 신발은 슬리퍼다.
시원하고, 신고 벗기 편해서
나무랄 게 없다.
여름은 국내 수제화 시장 최고 비수기다.
슬리퍼나 샌들은 주로 저렴한 게 팔린다.
한 시즌 신고 버린다고 생각하기 때문에
수제화는 당해 낼 수가 없다.
가격 경쟁이 안 된다.
명품 슬리퍼처럼 인정받고 싶다.
아, 또 징징거린다.

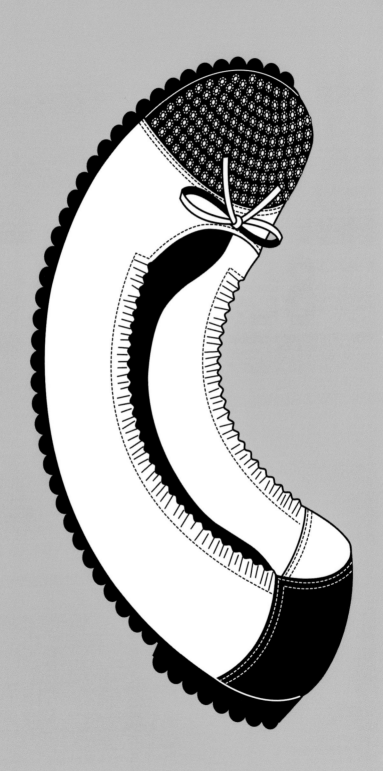

COMFORT

컴포트
SOFT

너무 부드러워서
어느 공간에 넣어도
그럭저럭 자리 잡는
컴포트한 사람이고 싶다.

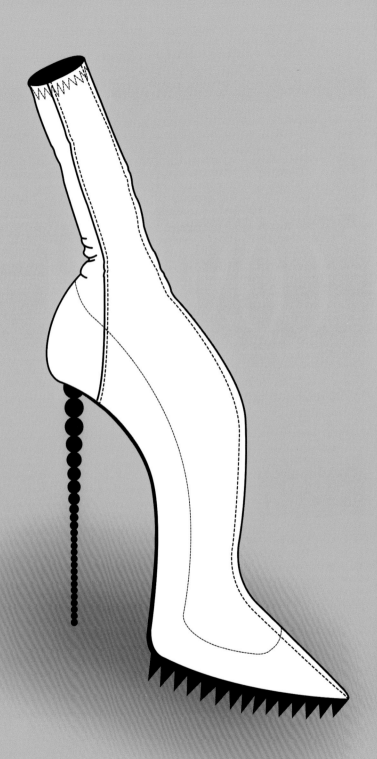

SPAN BOOTS

스판부츠
SOCKS

양말에
신발 밑창을 붙였다.
이 얼마나
편하고
가볍고
부드러운가.

CHELSEA BOOTS

첼시부츠
ENGLAND

영국 첼시 지역의 젊은 예술가들이
많이 신어서 붙은 이름이 첼시부츠다.
'비틀즈'가 즐겨 신어서
비틀즈부츠라고도 한다.
인천부츠, 서울부츠, 대구부츠
이렇게 불리는 부츠를 만들 수 있을까.
디자인만으로 해결될 일은 아니다.
BTS가 나설 때다.

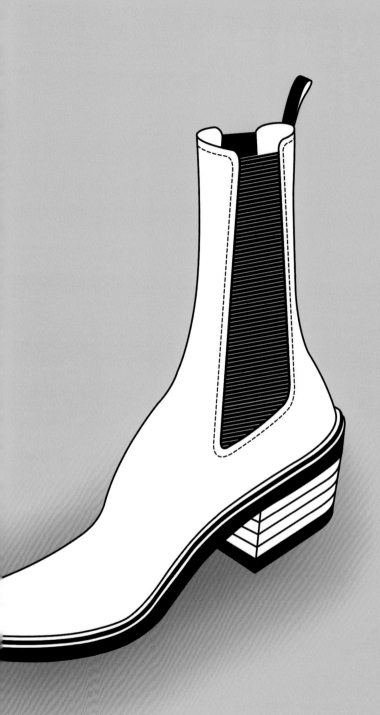

시크한 블랙,
아찔한 레드

5

SNARE

덫 INSERT EATING

화려한 색을 지닌 식충식물은 덫을 놓고 조용히 기다린다.

선택을 하는 것이든 선택을 당하는 것이든 큰 의미는 없다.

무언가 걸려들면 입을 꼭 다문다.

걸려든 곤충은 제 몸이 다 녹을 때까지 헤어 나올 수 없다.

구두의 매력도 한번 걸려들면 헤어 나올 수 없다.

돈이 다 녹아 없어질 때까지 사 모아야 한다.

나도 덫을 놓고 조용히 기다려 봐야겠다.

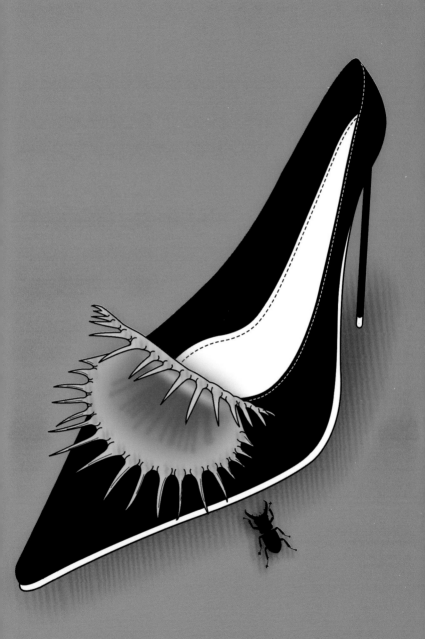

마녀 CHIC

옛날에는 마녀 하면 검정 망토를 뒤집어쓴
커다란 매부리코에 피부가 울퉁불퉁한 노파를 떠올렸다.
하지만 요즘 마녀 이미지는 많이 달라진 것 같다.
창백한 피부에 세련된 블랙을 즐겨 입는
글래머러스한 모습으로 바뀌었다.
도도한 블랙만 상징처럼 남아 있을 뿐이다.
블랙의 시크한 아름다움은 거부할 수 없는 매력이 있다.
달빛 없는 밤, 새까만 어둠 같은
검정 에나멜 하이힐을 신은 시크한 마녀가 되어 보자.

ADDICTION

중독 DRUG

무엇이든 시작이 어렵지
서서히 스며들다 결국 중독된다.
운동화도 좋지만
아슬아슬한 하이힐을 시작해 보자.
서서히 중독되어 보자.

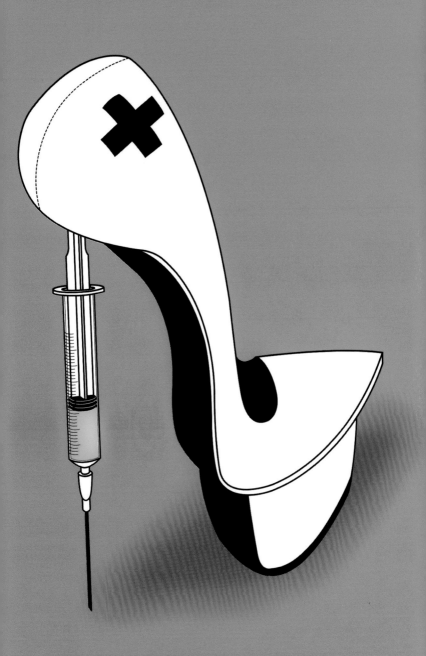

PEAHEN

공작 BEAUTIFUL

구두는 보수적이다.

그래서일까.

블랙 판매량이 압도적으로 높다.

특히 남자 구두는 블랙이 대부분이다.

동물은 수컷이 화려하고 아름다운데

남자들도 화려한 구두를 신어 보면 어떨까.

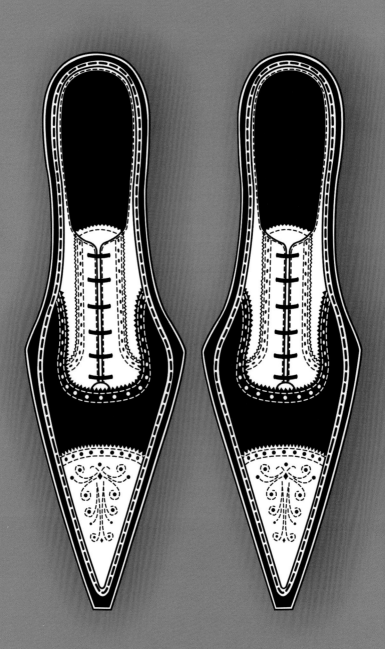

GENTLEMAN

신사
KNIFE

검은 묵직한 강철을 제련하고 수없이 두드려서 만든다.
두드리는 횟수는 단단함과 비례한다.
단단한 검은 전투에서 빛을 발한다.
촘촘하게 망치질해 만든 날렵한 구두는
또 다른 의미의 검이다.
말끔한 정장과 정갈한 구두는
사회생활에서 전투복이고 전투화였다.
요즘은 다들 검을 놓고 다닌다.

LOVE

사랑 HEART

사랑하는 사람에게
사탕같이 달콤한 하트가
사방에 프린트된 신발을 선물하고 싶다.

CHILD

어린이 CUTE

단추나 바늘처럼 작은 물건을 크게 만들면
위압감이 느껴지는 조형물이 되기도 한다.
우리가 항상 보던 크기에서 확연하게 벗어나면
독특하고 신비한 매력이 느껴진다.
반대로 탱크나 비행기처럼 큰 물건을 작게 만들면
그것이 사람을 해치는 무기일지라도 귀엽게 느껴진다.
성인용 신발만 보다가 조그마한 유아용 신발을 보면
슬며시 미소를 짓게 된다.

ANGER

화 PATIENCE

화는 사방으로 뻗친다.
뻗치는 각도에 규칙성이 없어서
시간 예측이 가능하지 않아서
모르는 사람까지 다치고 만다.
그래서 무섭다.
세상에 화가 많이 쌓이고 있다.
나일 수도, 지나가는 누군가일 수도 있다.
온몸에서 뻗치는 화에
누군가를 상처 입히지 않도록
아무도 다치지 않도록 잘 다스려야 한다.
내 몸에서 뻗치는 화는 없을 거라는
맹목적 믿음은 툭 내려놓아야 한다.

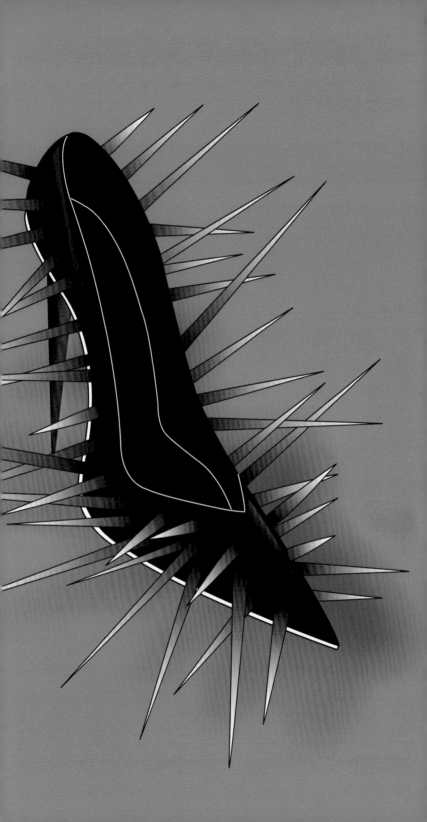

GHOST

유령
WYND

늦은 밤 골목길은 유난히 스산하다.
가로등마저 헐떡헐떡 숨이 차듯
켜졌다 꺼졌다 반복한다.
전날 내린 비 웅덩이에 비친 내 모습에 움찔움찔한다.
뭔가 튀어나올 것 같은 공포가 밀려온다.
또각, 또각, 또각, 또각
저 멀리서 구둣발 소리가 내 걸음과 박자를 같이한다.
심장은 박자와 상관없이 제멋대로 쿵쾅댄다.
구둣발 소리에 공포를 느끼는 것은
귀신보다 사람이 더 무섭기 때문일 거다.
남들을 위해서라도 운동화를 신어야겠다.

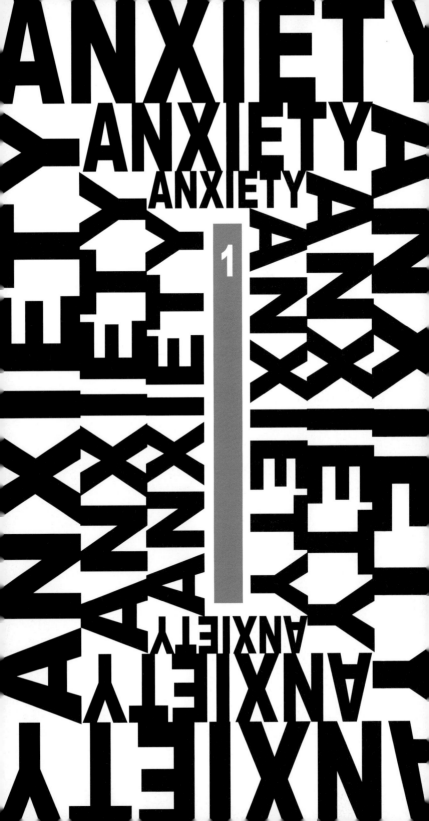

불안1 PLACE

건물 옥상에 나란히 놓여 있는 신발에서
불안감이 밀려온다.
가지런하고 반듯하게 놓여 있어 더욱 서늘하다.
삐딱하게, 혹은 무심하게 놓여 있는 구두에서는
불안감이 느껴지지 않는다.
신발은 어디에, 어떤 모습으로 있느냐에 따라
다양한 상징성을 띤다.
그것이 좋은 의미든 나쁜 의미든
메시지를 전달한다.

불안2 STREET

그림자가 길게 드리워진 늦은 오후,
길거리에 나뒹구는 짝 잃은 신발에는
사고의 잔상이 뿌옇게 남아 있다.
아무 일 없기를, 그냥 떨군 것이기를
간절히 바라며 발길을 재촉한다.

ANXIETY²

OBSESSION

집착
HIDE

사랑을 가장한 찐득거리는 집착은
머리가 아닌 심장에 있다.
소유할 수 없음에 분노가 치밀지만
드러낸 얼굴은 유난히 밝고 친절하다.
집착이 꾸역꾸역 차오르기 시작하면
심장에는 아찔한 송곳이 사방으로 돋아난다.
움찔움찔 돋아난 송곳은 자기 속을 헤집다가
점점 자라고 자라서 마침내 뚫고 나가
집착하던 상대의 가슴까지 뚫어 버린다.

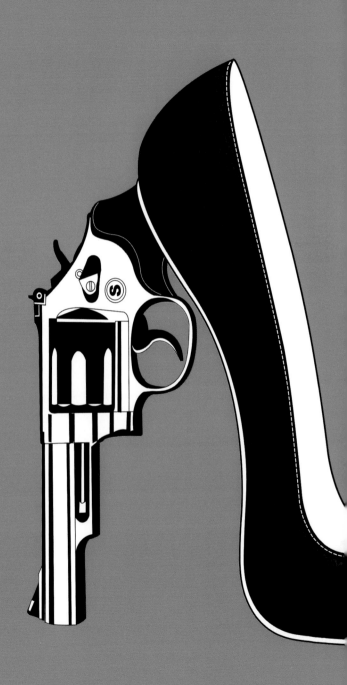

GUN

총
WINNER

하이힐은 강력한 무기다.
뾰족한 굽을 마구 휘두르면 호신용으로 딱이겠지만
벗어 들고 휘두르는 무기를 말하는 게 아니다.
사람을 긴장하게 만드는, 유혹하는 무기이다.
구두는 굽 높이만큼 자신감을 올려 준다.
불편한 걸 누가 모르랴.
총 한 자루 품었을 때 절로 솟는 용기와 자신감처럼
하이힐을 신고 자신 있게 매력을 발산해 보자.
승리는 당신 것이다.

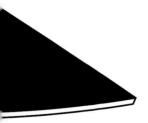

WALKING

걸음 HIGH HILL

넘어질 듯 휘청휘청 걷는 모습이
아슬아슬해 보인다.
어린 짐승이 첫걸음을 내딛듯 비틀거린다.
그 옛날 걷기 힘든 신발을 신겨 자유를 구속하던
전족의 역사는 되풀이되지 않겠지만
워킹도 안 되는 잔인한 구두는
아직도 패션쇼에 등장한다.
모델의 워킹은 갓 태어난 사슴처럼 불안하다.

EYE

눈 BREAST

여름이 돌아왔다.
가슴에 도드라진
제3의 눈 때문에 아주 불편하다.
몇십 년째 여름마다 다짐한다.
"가을부터 꼭 다이어트해서 내년 여름에는
당당하게 가슴을 내밀고 다닐 거야."

ENTRAILS

내장 HEALTH

발에는 오장육부가 들어 있다고 한다.
의료 지식은 없지만
발 마사지를 받고 나면
온몸이 나른해지고
속도 편해지는 건 분명하다.
어렵고 힘든 세상
좋은 구두, 편안한 구두 신고
속 편하게 살아 보자.

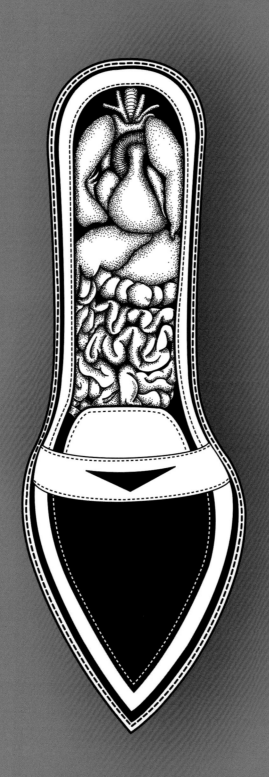

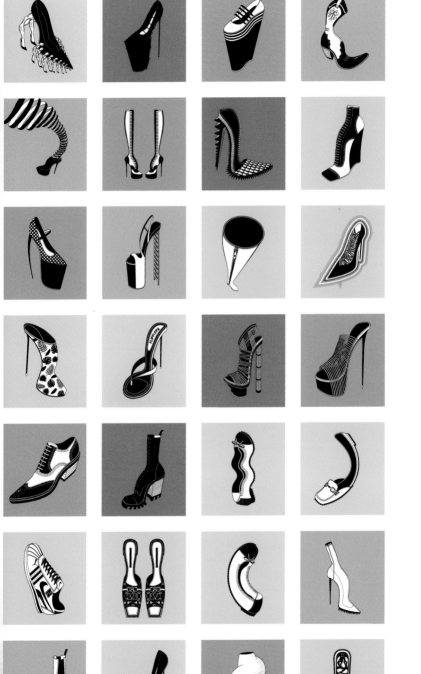

작가의
말

서늘하고 적막한 공단이었던 성수동이
뜨겁게 변해 가는 과정은 그리 오래 걸리지 않았습니다.

30년이라는 긴 시간 동안
구두 디자인을 하고
수제화 공장을 운영했습니다.

빠르게 변해 가는 성수동을 바라보면서
수제화 산업의 어려움을 몸소 느끼면서
많은 생각이 들었습니다.

안타까움과 미련 때문일까요.
긴 세월 구두와 함께하며 느낀 소회
구두에 감추어진 의미
구두를 통해 바라본 세상을
일러스트와 짧은 글로 정리했습니다.

원고를 출판사에 보내고
얼마 지나지 않아서
15년 동안 운영하던 수제화 공장 문을 닫았습니다.

그렇게 한 시대는 막을 내렸지만
작은 구두가 품은 큰 의미가
이 책을 읽는 독자에게 가닿기를 바랍니다.

김형규

경희대학교 국제캠퍼스에서 그래픽디자인을 전공했습니다.
남자 구두 디자이너 1세대로서
여러 구두 브랜드 디자인실 실장으로 재직했고,
성수동에서 15년 동안 수제화 공장을 운영했습니다.
30년 동안 함께한 구두를 모티브로, 첫 번째 일러스트북
《뜨거운 성수동에는 구두가 있다》를 냈습니다.

뜨거운 성수동에는 구두가 있다

초판 1쇄 2024년 8월 5일

글 · 그림 김형규 | 펴낸이 황정임 | 총괄본부장 김영숙 | 편집 김로미, 이루오
디자인 이선영, 김태윤 | 마케팅 이수빈, 윤인혜 | 경영지원 손향숙 | 제작 이재민

펴낸곳 달그림(도서출판 노란돼지) | 주소 (10880)경기도 파주시 교하로
875번길 31-14 1층 | 전화 (031)942-5379 | 팩스 (031)942-5378 | 홈페이
지 yellowpig.co.kr | 인스타그램 @dalgrimm_pub 등록번호 제406-2017-
000114호 | 등록일자 2017년 8월 11일

ISBN 979-11-91592-56-6 03810